A Kalmus Classic Edition

Ludwig van

BEETHOVEN

ORIGINAL COMPOSITIONS

FOR ONE PIANO/FOUR HANDS

K 03165

Kalmus

SONATA.

L. v. Beethoven, Op. 6.

Allegro molto.

Secondo.

SONATA.

L. v. Beethoven, Op. 6.

RONDO.
Moderato.

RONDO.
Moderato.

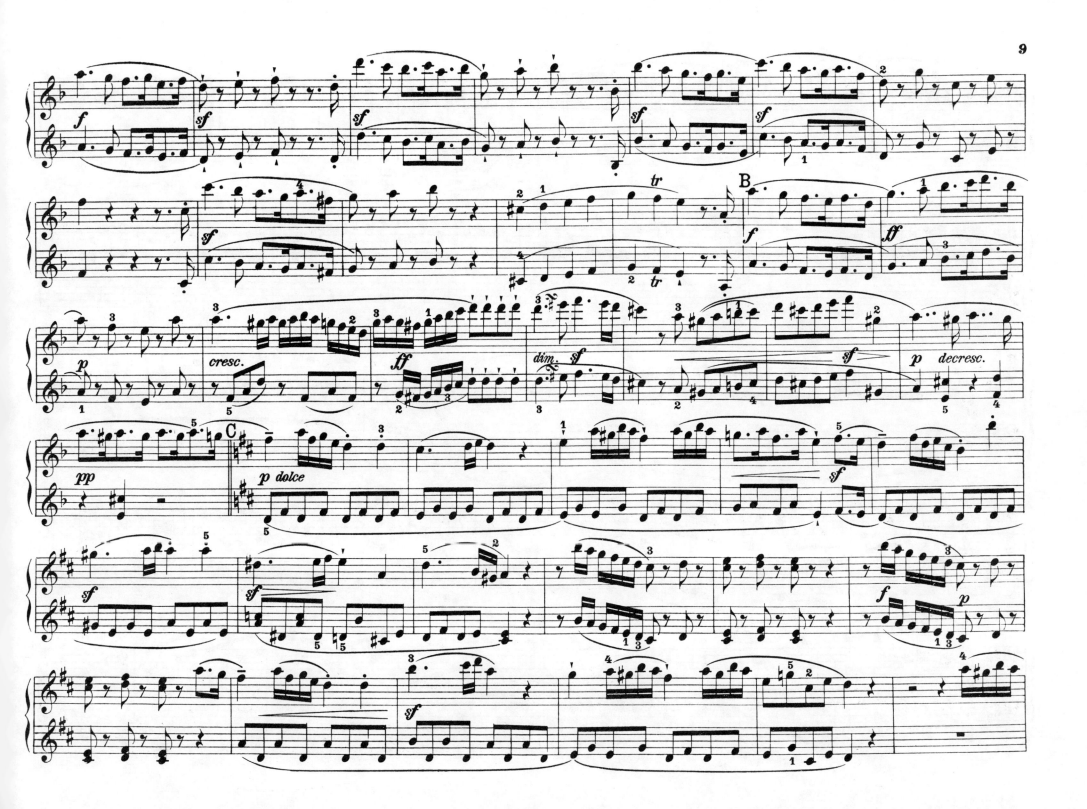

MARCIA I.

Allegro, ma non troppo.

MARCIA I.

Allegro, ma non troppo.

14

Marcia d.C.

TRIO.

Marcia d. C.

MARCIA II.

MARCIA II.

18

TRIO.

Marcia d. C.

TRIO.

Marcia d.C.

MARCIA III.

MARCIA III.

22

D.C. senza repetizione.

D. C. senza repetizione.

VARIATIONEN

über ein Thema vom Grafen von Waldstein.

THEMA.

Andante con moto.

VARIATIONEN

über ein Thema vom Grafen von Waldstein.

THEMA.

Andante con moto.

VAR. II.

VAR. III.

VAR. IV.

VAR. V.

VAR. IV.

VAR. V.

VAR. VI.

31

Tempo I.

VAR. VIII.
Un poco adagio.

34

SECHS VARIATIONEN
(Lied mit Veränderungen.)
Den Gräfinnen Josephine Deym und Therese Brunswick zugeeignet.

SECHS VARIATIONEN
(Lied mit Veränderungen.)

Den Gräfinnen Josephine Deym und Therese Brunswick zugeeignet.

VAR. II. sempre legato
p
A
poco a poco
cresc.
f
decresc.
VAR. III.
p
sf
A
cresc.
sf
sf
f
sf
decresc.
p

42

VAR. IV.

VAR. VI.
A
p
sf
cresc.
dim.
CODA.
cresc.
legato
mf
cresc.
sf
decresc.
B
p
sf
sf cresc.
p
cresc.
f

CONTENTS